소효

아빠는
몰라두 돼

필름°

저자 고유의 글맛을 살리기 위해
표기와 맞춤법은 저자 고유의 스타일을 따릅니다.

세상을 살아가면서 가장 중요하지만
알아차리지 못하는,
가장 가까이에 있지만
이미 깨달았을 때는
조금 늦은 그런 존재는 어떤 것이 있을까요?

저는 **가족**이라고 생각합니다.

이 책에선 가족의 모습을 담았습니다.

때로는 행복에 겨워 감정이 폭발하는,
때로는 같이 사는데도 외로운,
때로는 태양보다 따뜻한 서로의 위로들로 가족은 성장합니다.

하지만 늘 행복할 수는 없는 법,
어렸던 아이는 커가고 부모는 작아집니다.
어쩌면 가족이란 건 부모와 자식이 함께 써나가는 한 편의 일기장일 수도 있습니다.
여러분의 가족은 어떤가요? 혹여나 웃는 날보다 우는 날이 더 많았나요?
생각해보면 전 우는 날이 더 많은 것 같아요,
하지만 우리 가족의 우는 날을 사랑합니다.

열 번 싸우고 한 번 웃어도 행복하니까요.

책을 만들면서 많이 돌아봤습니다.
제가 돌아본 만큼 책을 보면서 가족에 대해 돌아보는 시간을 가졌으면 좋겠습니다.

소효

"안녕하세요."
저는 7살 이구나 입니다.

빨간 머리의 딸바보 아빠
그리고 까칠한 엄마와 강아지 모모와 살고 있습니다.

재밌는 날이 너무나도 많습니다.
아빠가 늘 저와 함께 놀아주기 때문입니다.
전 몰랐는데 제 친구들은 우리 아빠를 부러워합니다.
이렇게 놀아주는 아빠는 없다구요.

하지만
가끔씩 해맑던 아빠에게도 힘든 일이 있나 봅니다.
끝내 눈물은 보이지 않게 흘리지만요.
우리 가족, 10년 후에도 20년 후에도
아니 평생 행복했으면 좋겠습니다.

소개합니다
우리 가족의 일상, 가족의 일기장

7살
이구나

첫 번째
이야기
아침 준비

분주한 아침.
날마다 아빠는 나와 엄마를 깨우고 하루를 시작한다.
머리를 감기고 드라이기로 말리면서
오늘 아침은 어떠냐는 둥....
여전히 늘 내 생각만 하는 우리 아빠

아빠 덕에 오늘도 푸르다.

아빠는 몰라두 돼 15

두 번째 이야기
작전 실패

술을 좋아하는 아빠는 장을 볼 때
나를 이용하여 잔꾀를 부린다.
그래 봤자 엄마에게 직접 말하지 않고
나를 시켜 소리치게 하는 것이 유일한 방법이다.

오늘도 작전은 실패한 것 같다.

그냥 술을 끊으면 좋을 것 같은데
우리 아빤 그럴 생각은 없나 보다.

또 다른 두 번째 이야기
아빠의 애교

연애할 때의 아빠는
애교가 없었다고 엄마는 말했다.
그러던 아빠가 결혼하고 나서부터는
무리한 애교가 늘었다고 한숨을 쉰다.
아빠는 최선을 다해 애교를 부리지만

오늘도 소용없는 하루였다.

엄마 아빠가 쉬는 주말
보통 엄마는 청소를 맡고 아빠는 설거지나 빨래 등을 한다.
청소기를 돌리다가 올리라는 엄마의 말에 아빠와 나는
무의식적으로 발을 올리곤 한다.
역시 가족은 가족인가 봐.
이렇게 똑같을 수 있다니.

모모는 다리 대신 꼬리를 흔들어 호흡을 맞춘다.

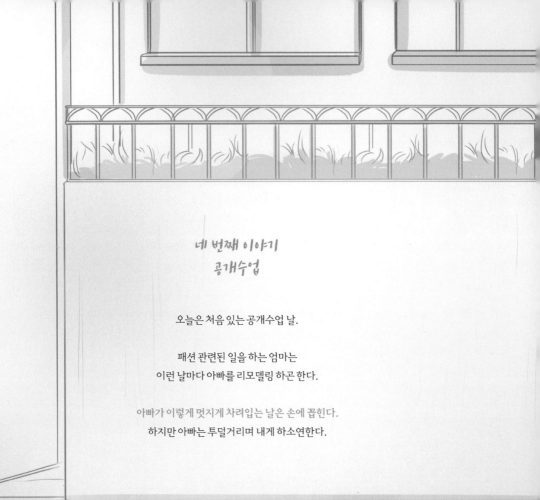

네 번째 이야기
공개수업

오늘은 처음 있는 공개수업 날.

패션 관련된 일을 하는 엄마는
이런 날마다 아빠를 리모델링 하곤 한다.

아빠가 이렇게 멋지게 차려입는 날은 손에 꼽힌다.
하지만 아빠는 투덜거리며 내게 하소연한다.

인생에는 수많은 '갑자기'가 존재한다고 한다.
행복한 순간도 불행한 순간도 갑자기 찾아오곤 한다.

그렇게 '갑자기' 불행한 사고가 일어났다.
예상치 못한 사고에 내가 기억하는 건 쿵! 하는 충돌음 밖에 없었고
눈에 보이던 풍경이 위아래의 검은 어둠으로 닫힐 때
가느다란 실처럼 남은 화면에 비친 마지막 순간은

나를 안고 있는 아빠의 모습이었다.

다
섯 번째
이
야기
교통사
고

또 다른
다섯 번째 이야기
교통사고 후

교통사고가 났을 때
아빠는 병원에서도 집에서처럼 날 챙기고 아끼었다.

하지만 같은 병실을 쓰는 환자들도 있어서
날 챙기는 아빠의 모습이 조금은 부끄러웠지만

그래도 이런 아빠라서 좋다.

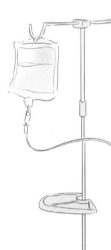

여섯 번째 이야기
아빠는 나의 편

오랜만에 가족들이 모인 날 사촌과 장난을 치던 중
아빠를 불러서 위기를 모면했다.
사실
내가 내기에서 졌지만, 아빠는 항상 내 편이니까.

어떤 일이 있어도 내 편이니까.

일곱 번째 이야기
유치한 도발

옆집에 사는 아저씨와 아빠가 길에서
마주칠 때면 항상 딸 자랑을 한다.
우리 어디가 그렇게 예쁜지
내 친구들과 서로 아빠 자랑을 할 때보다 유치한 것 같다.

그래 그만큼 날 아끼는 거로 생각할게. 아빠!

아빠.. 창피해

여덟 번째 이야기
반찬 투정

아빠는
식탁 앞에서 자주 반찬 투정을 하곤 한다.
그에 반해 나는
뭐든 가리지 않고 다 잘 먹는다.
이런 점은 엄마를 닮았나 보다.
그냥 보면 이렇게 어린애 같은 아빠인데

엄마는 뭐가 좋아서 아빠랑 결혼했을까?

나중에 물어봐야겠다.

아홉 번째 이야기
프로포즈

겨울날.
산책할 때 아빠에게 물었다.
아빠는 어떻게 엄마랑 결혼하게 되었냐고.
아빠의 대답은 어느 정도 예상하고 있었지만,
아빠의 눈은 그 어느 때보다 확신에 찬 모습이었다.

조금은 알겠다.
엄마가 왜 반했는지.

아빠는 어떻게 엄마한테 프러포즈했어?

'무슨 일이 있어도 너랑 당신을 꼭 지킬게.' 라고 했어.

(미안 모모야)

열 번째
이야기
술주정

대부분의 회식을 피하는 아빠에게도
피할 수 없는 자리가 있나 보다.
그렇게 회식을 하고 온 날은 나를 애타게 찾는다.

술 냄새나는 아빠의 뽀뽀에
나는 대신 모모를 던져줬다.

열한 번째
이야기
보이지 않는
눈물

웃고 있는 아빠만 보면 아빤 늘 행복한 줄 알았다.
어느 날, 어떤 이유인지는 알 수 없었지만
아빠는 몰래 눈물을 흘리고 있었다.

왜일까?
내게 늘 울 때는 펑펑 울라면서,
그게 멋진 거라면서 말을 해주던 아빠는
애써 나오는 눈물을 내게 숨기기 바빴고
난 슬프면서 화난 마음으로 아빠에게 외쳤다.

열두 번째 이야기 자전거 여행

여름이 시작되면
아빠는 하늘에 떠 있는 구름의 성을 따라 페달을 밟는다.
푸른 잔디 사이의 길을 가로지르며 몇 시간 동안 가다가

아빠 등을 안고 잠잘 땐 세상에서 제일 편안했다.

아빠는 내가 깰 때까지 멈추지 않고 페달을 밟았다.

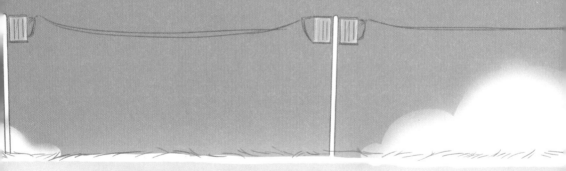

열 세 번째
이야기
밥 먹고 한잔

가끔 아빠가 맥주 한 캔씩 하는 날이면
우리 가족은 각자의 취향에 맞게 잔을 채운 후 건배를 한다.

벌컥벌컥 마시는 그 한입의 달콤함은
오늘 어떤 일이 있었는지 잊게 만든다.
그래서
아빠는 맥주를 마시는 걸까?

오늘따라 우유가 더 시원하다.

열 네 번째
이야기
우주를 줄게

아빠가 오늘은 엄마와 연애시절
비밀장소에 가자고 했다.

도시에서 조금 떨어진 탁 트인 어느 곳,
이곳엔 별들이 은하수를 따라 퍼져있었다.
아빠와 엄마는 별들을 바라보며 추억에 잠겼고.

나는 처음 보는 풍경에
아무 말도 할 수 없었다.

열 다섯 번째
이야기
가족사진

우리는 가족사진을 사진관에서 찍지 않는다.

자주 가던 공원에서, 하나
집에서 편안한 모습으로, 둘

그렇게 다 같이 나온 사진으로 1년에 한 번씩 바꾼다.
어떨 때는 사진이 아니라
아빠가 그린 것으로도 액자를 만들어 건다.

다양한 모습을 다양하게 남기고 싶은
아빠의 마음이라 했다.

열 여섯 번째
이야기
계란 후라이

아빠가 요리를 잘하진 않지만
그중 제일 자신 있어 하는 건 계란 후라이다.

엄마와 연애를 할 때
집에 반찬이 없어 만든 후라이를
엄마가 맛있게 먹었다나 뭐라나

그래서 아빠는 계란 후라이를 할 땐

늘 필요 이상으로 정성을 들인다.

열 일곱 번째
이야기
스마트폰

아빠에게 나도 친구들처럼
스마트폰을 사달라고 했다.

아직 핸드폰은 이르다는 아빠에게
나는 아빠가 몰래 숨겨둔
비상금의 위치를 엄마에게 말했다.
아빠는 힘없이 비상금을 압수당해버렸다.

나는 단지
엄마 아빠랑 떨어져 있을 때
통화하고 싶을 뿐인데...

열 여덟 번째
이야기
아빠의 딸

일이 늦어 집에 늦게 들어올 때면
아빤 조심히 내 방에 들어와 여러 가지 이야기를 해준다.
그리고 나서는 언제나 고맙다고 이불을 정리해주고
방으로 돌아가서 옷을 갈아입고 씻기 시작한다.

눈을 감아도
어떤 표정으로 말을 하고 있는지
상상이 간다.

(집 가긴 글렀어...)

(아빠가 가자고 좀 해!)

아빠와 내가 제일 싫어하는 건
엄마와 함께 쇼핑할 때이다.

집에도 많은 옷이 있는데도
여러 가지 옷을 보며
나에게 입히고
아빠에게 어떠냐고 물어본다.

그렇게
몇 시간을 돌아다니다 보면

아빠와 난 지친 표정으로
서로를 바라본다.

스무 번째
이야기
최고의 아빠

지금은 기억도 잘 안 나는 아기 때
아빠가 나에게 어떤 아빠였으면 좋겠냐는
말을 했고

난 그냥 아빠랑 있고 싶다고 했다.
그 후로 최대한 빨리 내 곁에 오기 위해서
아빠는 대부분의 회식 자리는 피했다.

스물두 번째 이야기
여자아이

엄마 아빠와 같이 외출을 했던 날.

처음 온 장소에 호기심이 가득했던 나는
처음 보는 낯선 풍경에 발길을 맡겼다.
그러던 중
문득 길을 잃어버렸다는 걸 알았을 때
낯선 아저씨가 말을 걸어왔다.
하지만 말을 걸어온 것도 잠시,
떨어지는 가느다란 빗방울과 함께
단순히 이 아저씨가 말만 걸기 위해 다가온 것이 아님을 알아챘다.
그렇게 점점 낯선 아저씨의 말이 아닌 몸이 내게 다가왔다.
나는 겁이 나서 눈물도 나오지 않았다.

빗방울이 거센 소나기로 바뀌는 순간 눈을 감고 앞으로 뛰어갔다.
얼마쯤 뛰었을까
나를 애타게 찾고 있던 아빠를 발견했고
아빠를 보자 참았던 눈물이 한꺼번에 쏟아졌다.

스물 세 번째 이야기
시간이 지나면

잠자리에 들기 전
아빠는 종종 나에게 책을 읽어준다.

어떤 날엔
난 언제 어른이 되는지
아빠에게 물어보았다.
책을 읽어주던 아빠는
할아버지에 대한 이야기를 해주었다.

그리곤
조용히 미소를 띠는 아빠의 모습이
괜히 슬퍼 보였다.

스물 네 번째 이야기
도깨비

드라마가 유행하자 아빠는 주인공이 맘에 들었는지
오늘 내내 이상한 말과 함께 안 하던 머리를 하고 다녔다.

드라마 주인공을 따라 하는 아빠의 모습은 나름 재밌었다.

스물 다섯 번째 이야기
한방에 모든 걸

숙제가 막히던 날 아빠에게 가서 도와달라고 했다.
무엇이든 몰아서 끝내는 걸 좋아하는 아빠는
숙제를 그저 귀찮은 것쯤으로 여기는 것 같았다.

역시 이런 건 아빠보단 엄마에게 달려가야겠다.

스물여섯 번째 이야기
눈을 감아도

아빠는 가끔 뚫어지게 날 바라볼 때가 있다.
내가 너무 빨리 커버려서
나의 지금을 기억하고 싶은 아빠는 날 바라보며

지금을 담고 있다고 말하곤 했다.

스물 일곱 번째 이야기
무궁화 꽃이

비가 오거나 밖에 나갈 수 없을 때면
우리 가족은 집에서 놀곤한다.
갑자기 벽에 손을 대는 아빠의
"무궁화 꽃이 피었습니다."라는 말에

자연스럽게 놀이는 시작이 된다.

스물여덟 번째 이야기
어느 아침의 기록

여행을 떠날 때,
우리 가족은 다 같이 아침을 준비한다.
나는 아빠의 수염을 대신 깎아보기도 하고
엄마는 내 머리를 정리해준다.

이렇게 다 같이 준비를 끝내고 아침을 먹으면
비로소 그날 하루가 시작된다.

스물 아홉 번째 이야기
무서운 영화

우리 아빠는 평소에는 겁이 별로 없지만
무서운 영화는 보지 못한다.

그래서 데이트를 할 때 무서운 영화를 보면
엄마가 눈을 대신 가려주곤 했다고 한다.

엄마를 닮았는지 무서운 영화도 잘 보는 나지만
깜짝깜짝 놀라는 아빠가 더 무섭다.

서른 번째 이야기
백설공주

엄마는 아빠와는 다르게 책을 읽어줄 때
또박또박 잘 읽어준다.

아빠는 자기 나름대로 해석해서 다르게 들려주지만,
엄마는 있는 그대로 읽어준다.

여느 날과 같이 엄마가 읽어줄 때
아빠는 옆에서 또 자기 취향에 맞게 바꿔서 말을 한다.

하루 중 아빠를 보는 시간은 생각보다 별로 없다.

왜냐하면, 아빠는 대부분의 시간을 일하면서 보내기 때문이다.
아빠와 하루 종일 붙어있을 순 없을까?
하지만 하루 종일 나와 붙어있으면

아빠는 지금처럼 지낼 수 없다고 한다.

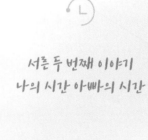

서른두 번째 이야기
나의 시간 아빠의 시간

시간은 누구에게나 공평하다.
하지만 나는 커가고 아빠는 작아져만 간다.

한 달에 한 번, 내 키를 잴 때마다
아빤 덤덤한 표정으로 나를 보다가
끝내 웃음을 보인다

왜 이렇게 덤덤한 표정일까?

어린 나로서는 아직 아빠의 웃음을 이해하기 어려웠다.

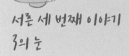

서른 세 번째 이야기
3의 눈

아빠가 그랬다.
눈을 감아야 볼 수 있고
귀를 막아야 들을 수 있는 것이 있다고.

그래서 어느 날 아빠의 눈을 가리고 물어봤다.
아빠는 지금 뭐가 보이는 걸까?

서른 네 번째 이야기
난 1년 넌 8년을

나의 시간만큼 네가 살 수는 없는 걸까?
산책 후에 예전과 다르게
힘겨워하는 널 보면
다리를 조금 저는 널 보면

왜 이렇게 난 맘이 아플까?
내 곁에서 떠나갈 준비를 하는 거니?
내 시간을 나눠 주면 넌 더 있어 줄 수 있니?

서른 다섯 번째 이야기
나의 힘

늘 따듯하게 날 반겨주는 게 아빠라면
엄마는 따듯하지만 날 강하게 만든다.

그리고 엄마가 자주 해주는 말 중의 하나는
엄마의 말도 아빠의 말도 아닌
바로 자신의 힘이라고 말한다.

나 자신을 사랑하라는 말은 아직 이해가 안 됐지만
그래도 엄마가 해주는 말이니까 일단은 날 믿어본다.

서른 여섯 번째 이야기
놀이공원

놀이공원에 온 날 아빠와 엄마는 놀이기구 때문에 싸워버렸다.
큰소리 없이 조용히 다투다 이내 삐져버린 아빠는
토라져 있다가 아이스크림을 사 오더니
뚱한 표정으로 바라보지도 않고 엄마에게 건넸다.

엄마도 마찬가지지만
그래도 엄마 아빠는 서로 사랑하는구나.

서른 일곱 번째 이야기 사랑한다는 건

천진난만한 아빠의 미소를 닮은 나는
아빠가 반쪽의 하트를 만들면 아빠를 따라 남은 하트의 반쪽을 만들어 붙이곤 한다.

그리곤 나에게 말한다.
사랑한다는 건 이렇게 서로의 반쪽으로 하트를 만드는 것과 같다고.

서른 여덟 번째
이야기
쓰레기를
버리는 방법

쓰레기를 버리는 주말.
엄마는 큰 봉투를 들고 쓰레기장으로 가더니
나에게 한 가지 말을 해주었다.

소중한 것을 버린다고 생각하는 순간이 어려운 것뿐이지
버릴 땐 미련 없이 버려야 한다고 말이다.

너무 어려운 말이라서 아무 말도 못 했지만
엄마의 말은 지금까지 틀린 게 하나도 없었다.

물놀이를 할 때면 늘 발이 땅에 닿지 않는 게 무서웠다.
그럴 때마다 옆에 있는 아빠는 땅에 발이 닿는 것보다 더 큰 든든함이 되었다.
그런데 갑자기 파도가 와버리면 어떡하냐는 내 말에

아빠는 여전히 아빠다웠다.

마흔 번째 이야기
엄마는 평생

삐져서 공원에서 운 날 엄마는 날 꼭 안아주었다.

'항상 나의 편이 되어주는 사람은 어디 있을까?'라는
생각을 할 틈 없이
엄마는 언제나 깊숙이 나의 편이란 걸 알려주었다.

아무 조건 없는 사랑을 주는 사람,
바로 엄마 아빠였다.

마흔
한
번째
이야기
담배

아빠는 산책 중에 길에서
담배를 피우는 사람에게 다가가
담배를 뺏으며 말을 했다.

담배를 피우던 사람은
어이가 없다는 표정으로 아빠를 바라보았지만

아빤 오히려 우리가 그런 표정을 지어야 한다며 한마디 했다.

마흔 두 번째 이야기
삼겹살 파티

많은 기억 중에는 냄새로 인해 새겨진 기억들이 존재한다.

그중 가장 맛있는 기억은 당연
일 년 중 여름날에만 열리는 삼겹살 파티다.

평소에 먹는 주방의 식탁이 아닌, 잘 안 쓰는 상을 가지고
거실에서 만들어 먹는 이 삼겹살은
식당에서 먹는 맛보다 비교가 안 될 정도로 맛있었다.

마흔 세 번째 이야기
늦잠 ————————●

무서운 영화를 본 날.
나는 무서워서 오랜만에 엄마 품에서 잠에 들었다.
늦게까지 엄마와 단둘이 잠을 자고 있었는데
아빠가 와서 엄마와 나를 깨웠다.

아빠는 내가 엄마와 단둘이 자는 게 부러워서
투정을 부리고 있는 것 같다.

아빠는 몰라두 돼 103

마흔 네 번째 이야기
10년이 지나도

아빠와 엄마는 10년이 넘는 시간 동안
수없이 많은 고난을 넘어 나를 낳았다고 한다.

그런 고난을 넘고 뿌리를 내리며
서로의 곁에 머무르는 지금까지도

아빠는 가끔 엄마에게 물어보곤 한다.

그래도 나 사랑하지?

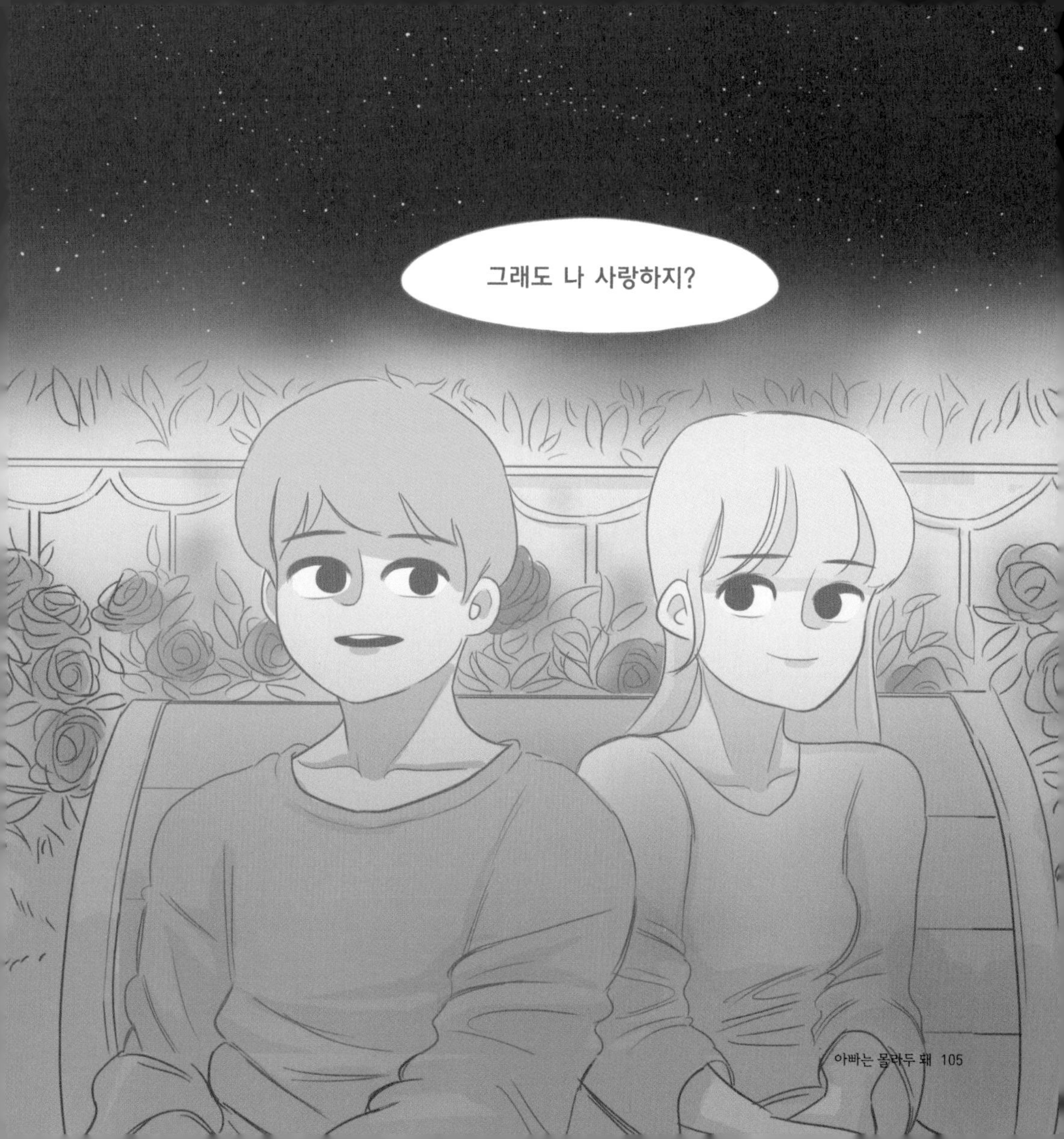
그래도 나 사랑하지?

마흔 다섯 번째 이야기
빨래

빨래를 너는 순간엔 우리 가족은 하나가 된다.

아빠와 나는 빨랫감을 팡팡 턴다.
엄마가 받은 옷들을 옷걸이와 건조대에 걸고 나면

아빠는 저녁을 준비한다.
빨래를 마치고 다 같이 밥을 먹다 보면

어느새 하루도 같이 지나가 있다.

마흔 여섯 번째 이야기
할머니 댁가는 길

할머니를 보러 가는 날.
아빠는 고속도로를 탈 때마다 외로워한다.
차에 타고 엄마와 내가 잠을 잘 때면 혼자서 몇 시간 동안 아빠는
혼자 졸음을 참고 뻥 뚫린 도로를 달린다.

자기까지 자 버리면 안 된다면서 말이다.

마흔 일곱 번째 이야기
여름날 할머니 댁

우리 가족은 매년 여름날 할머니 댁을 찾아가
마당이 보이는 마루 위에서 수박을 먹곤 한다.

시골이 이렇게 좋은 곳이었나?
반짝이는 반딧불이와 숲에서 들리는 귀뚜라미와 개구리 소리
그리고 모기향이

집에서 먹는 수박하고는 전혀 다른 맛을 만들었다.

마흔 여덟 번째 이야기
아빠는 괜찮아

병원에서 구불구불한 계단을 지나
집으로 날 업고 가는 길.
어느새 아빠의 등이 땀으로 젖었던 그때
아빠는 언제나 당연한 듯이 괜찮다고 말을 한다.

왜 힘들다고 말해주지 않는 걸까?
아빠의 마음을 여전히 몰랐다.

마흔 아홉 번째 이야기
엄마의 애교

엄마는 아빠와 달리 애교가 없는 것 같다.
가끔 필요해서 애교를 부릴 때면
엄마의 애교는 아빠에게 협박으로 작용하기도 한다.

그래도 아빠는 엄마가 못하는 걸
엄마는 아빠가 못하는 걸
서로 맞춰가며 살아가는 걸 보면 엄마 아빠는 대단한 것 같다.

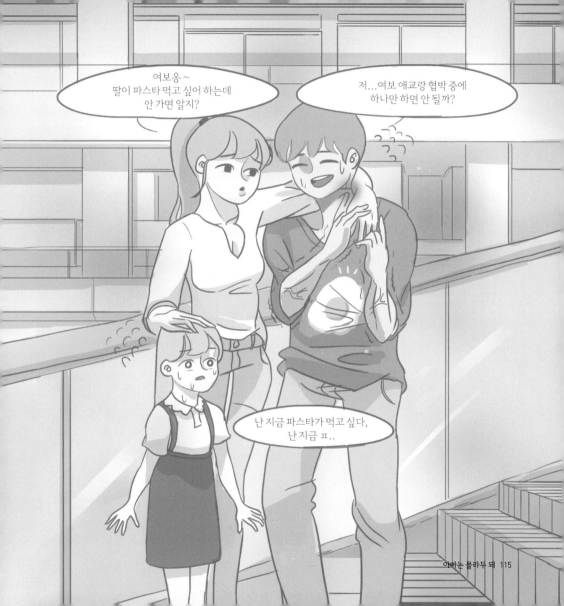

아빠가 안 하던 짓을 하며
조심스럽게 용돈을 올려달라고 할 때면
엄마는 늘 칼같이 쳐내곤 한다.

정성을 다해 타 온 아빠의 커피는
아빠의 마음과는 반대로 뜨거운 상태였다.

그렇게 거절당한 아빠는
차갑게 식은 맥주와 함께 시간을 보내곤 한다.

쉰 한 번째 이야기
엄마가 날 닮은 건지 내가 엄마를 닮은 건지

아빠가 휴가를 쓴 날
오랜만에 놀이공원을 가자는 말에
엄마와 나는 만화에서 나온 장면을 따라 하며 기뻐했다.

이렇게 즐거워하는 모습에
내가 엄마를 닮은 건지 엄마가 날 닮은 건지 모르겠다.

쉰 두 번째 이야기
줄 수 있는 것

엄마 아빠와 자주 가던 공원
엄마는 노을 지는 하늘에 대고 말을 해주었다.

많은 돈이 없어서 줄 수 있는 게
이것밖에 없다는 엄마를 보면서 괜히 슬퍼졌다.

난 비싼 음식이나 장난감보단
엄마 아빠와 있는 이 시간이 더 좋단 말야.

쉰 세 번째
이야기
안아줘

힘든 일이 있어서 울음을 터트릴 때면
언제나 눈물을 따라서 엄마도 함께 내 곁에 머물렀다.

저기 하늘의 태양보다 따듯한 엄마의 품에선
그 어떤 걱정거리도 사라지고

눈물은 어느새 마음속에서 증발해 없어졌다.

쉰 네 번째
이야기
야식

엄마는 뱃살을 보며
살을 좀 빼야겠다고 다짐을 했다.
하지만 이런 사정을 모르는
아빠의 한마디는
곧바로 엄마의 의지를 꺾어버렸다.

다짐을 해도 금방 시들어 버리는
야식의 유혹은 강력한 것 같다.

쉰 다섯 번째 이야기
엄마의 패션쇼

엄마의 쇼핑 고문에서 겨우겨우 벗어나면
이번에는 신중히 고르고
고른 옷들을 하나씩 우리에게 입혀 본다.

그렇게 내 차례가 끝나고
아빠의 차례가 오면
아빠는 핑계를 대며 도망을 치곤 한다.

쉰 여섯 번째 이야기
머리를 묶어줄게

엄마가 나의 머리를 묶어줄 때 가끔 엄마는
궁금한 듯 여러 가지 질문을 한다.

그렇게 오늘의 엄마는 자기가 늙으면
어떻게 할 거냐는 질문을 하였고,
나는 곧바로 대답했다.

엄마는 예상했다는 듯 얇은 미소를 띠었다.

쉰 일곱 번째 이야기
마음을 하늘로

등불 축제에 갔을 때
등불에 원하는 것을 적어 올리는 거라고 했다.
엄마와 아빠는 긴 문장을 적은 뒤
하늘에 떠 있는 등불과 같이 하늘로 보내었다.

뭐라고 썼는지 궁금해서 물어보아도
대답을 해주지 않는 엄마와 아빠.

붉은빛을 뿜으며 날아가는 등불을
우리 가족은 멍하니 바라만 보았다.

힘든 일이 있을 때 손을 내밀어 봐.

지금처럼 하늘을 날 수 있잖아.

쉰 여덟 번째 이야기
하늘을 나는 법

드넓은 목장에 놀러 간 날
엄마 아빠는 장난식으로 내 양손을 잡고
저기 높디높은 하늘을 향해 날 수 있게 해주었다.

언제나 힘든 일이 있거나 도움이 필요하다면
지금처럼 손을 잡으라고 하셨다.

혼자선 하늘을 날 수 없으니까.

쉰 아홉 번째 이야기
결혼해도 안 돼

아빠를 상대로 장난을 치던 중
엄마가 쓰러졌다며
옷 갈아입는 엄마에게 달려가게 했다.

부끄러워하는 엄마와 놀란 표정의 아빠를 보며
나는 한참 웃음을 참았다.

결혼을 했어도 엄마 아빠는
처음 만났을 때 모습 같아 보인다.

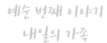

예순 번째 이야기
내일의 가족

엄마와 아빠는 오늘을 행복하게 보내는 것을 소중하게 생각한다.

내일은 생각하지 않고 어제도 생각하지 않고
그저 주어진 오늘을 잘 보내려고 한다.

엄마 아빠는 많은 시간을 함께해서일까?
아픔도 많기에 하루가 소중하단 걸 깊이 아는 것 같았다.

내가 엄마에게 어떤 존재냐고
물어볼 때마다
대충대충 말해주는 엄마이지만
마음속 맨 아래 서랍엔
소중하게 숨겨온 사랑이 있다.
자주 꺼내 보면 닳을까 봐.

그 깊숙이 자리한 엄마의 사랑은 바로
아빠와 나다.

내일 죽으면 오늘 함께 있고 싶은 사람.

예순 두 번째
이야기
다이어트

다이어트를 시작한 엄마는
야식을 시킬 때마다 말려달라고 부탁을 했지만
엄마의 딸인 내가 막을 수 있을 리가 없었다.

그렇게 훌라후프를 세차게 돌리고
배가 고파졌으니 야식을 시키게 되었다.

예순 세 번째 이야기
사랑의 농구공

농구공을 가지고 놀던 중
키가 작은 내가 엄마의 도움으로 아빠의 수비를 뚫었다.

그런데 왜일까?

아빠는 나를 막지 않고
그대로 멈춰서 몰래 엄마와 입을 맞추고 있었다.

예순 네 번째 이야기
나도 모르게 엄마에게

엄마 아빠가 같이 집에 들어올 때면
나는 아빠를 지나쳐 엄마에게 달려가 안긴다.
누가 더 좋고 나쁜 걸 떠나
나도 모르게 엄마에게 달려가서 안기고 있었다.

아빠한테는 정말 미안하다.

예순 다섯 번째
이야기
할리갈리

할리갈리를 하던 도중 어디서 본 건 많아서
영화에서 본 상황극을 시작했다.

유치한 상황극이지만
재밌게 서로의 호흡을 맞춰가며
기억나는 대사를 읊조리며 게임을 했다.

예순 여섯 번째 이야기
그 누구도

누구보다 강한 아이로 자라길 바랐던 엄마.
아빠에게서 얻지 못하는 그 강함을 엄마에게서 배워갔다.

넘어지면 일어설 수 있도록 달리면 넘어지지 않도록
그 누구도 나를 무시하지 않게끔

엄마는 나를 강하게 키우셨다.

예순 일곱 번째 이야기
무지갯빛

오늘은 비가 주룩주룩 오는 날

비가 오는 날에만 할 수 있는 산책.
시원한 바람에 숨 한번 크게 마시며 앞으로 걸어간다.
오랜만에 우산을 같이 쓴 엄마와 아빠의 모습.
그러고 보니 아빠는 엄마와 첫 데이트 때
같이 우산을 썼다고 한다.

그때도 이런 모습이셨을까 궁금하다.

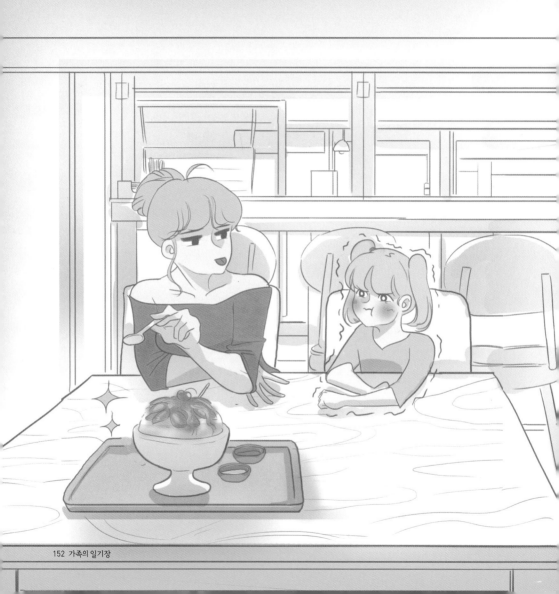

엄마를 닮은 것 중의 하나는 식욕이라고 한다.

가끔 엄마는 먹을 것으로 날 놀릴 때마다 자신의
옛날 모습을 보는 것 같다며 재밌어하지만 정작 당하는

나는 엄마가 밉다 .

예순 아홉 번째
이야기
바닷가에서

오늘은 바다에 놀러 간 날이다.
아빠는 운전으로 지쳐서
모래 위에 눕자마자 곯아떨어졌다.

장난기 많은 엄마와 나는
모래 위에 힘을 합쳐 작품을 하나 만들었다.

일흔 번째 이야기
불꽃보다 화려하게

밤에 장을 보고 집으로 돌아오던 날
엄마는 가게에 들러 500원짜리 불꽃놀이를 샀다.

연애할 때 아빠가 자주 해줬다며
그렇게 어두운 밤에 시작된 불꽃놀이.

웃고 있는 엄마를 보면
평소에 알던 강한 엄마와는 반전된 모습에 괜히 웃음이 나왔다.

일흔 한 번째 이야기
사랑의 깊이

아빠와 결혼할 때에 엄마는
아빠가 열두 번이나 거절당했다고 말했다.

하지만 이미 헤어지고 다시 만난 엄마와 아빠에겐
그깟 거절 정도야 문제 될 것이 없었다.

엄마가 받아 줄 때까지 아빠의 프로포즈는 계속됐다.
그런 아빠의 모습에 지금의 내가 있을 수 있었다고 한다.

저는 구나의 엄마입니다. 또한, 구나 아빠의 아내죠.
지금의 남편을 만나고 구나를 낳기까지 많은 고난이 있었습니다.

사랑을 하고 이별을 하며
현실의 벽을 두드리고 두드려서
지금의 길을 개척해왔습니다.

사랑에 대해 참 많은 생각을 들게 했던 그와의 연애.
사랑이란 무엇일까요?

그이 없이는 답을 찾을 수 없는 문제인 것 같아요.
저 혼자는 불가능한 일이었습니다.
작은 바람에도 쉽게 날아갈 수 있고,
반대로 강한 바람엔 빈틈없이 서로를 지켜낼 수 있는 이유.
부풀어 버려서 어디로 날아가 버릴지 모르는 커져 버린 사랑.
이렇게 커져 버린 사랑을 혼자서 견뎌낼 수 있었을까요?

가끔 생각이 나서 꺼내 봅니다.
그와 연애했을 때의 모습을 담은 일기장을…

10월

20 21 22 23 24 **25** 26

새로운 날

조금 오래 만난 연인에게 헤어지자는 말을 들었던, 그 자리. 그 카페.
바로 뒷자리 소개팅인지 나처럼 실연을 당했는지
혼자 마시는 커피가 아깝다며 같이 마시던 사람이 있었다.

잡고 잡히는 술래잡기가 끝나서일까?
왜인지 모를 기분에 때마침 이야기할 사람이 생겼다.

11월

① 2 3 4 5 6 7

별빛이 많은 날

그날 이후 대화를 나눴던 그 남자와
어느샌가 카페에서 자주 이야기하게 되었다.
그러던 어느 날, 평소처럼 카페에 가던 길.

문득 정신을 차리고 보니 이 자리에서
저 말을 해주는 저 사람을 바라보고 서 있다.

11월

8 9 10 11 12 **13** 14

춥지만 따듯한 날

만남은 묘하지만, 인연은 서로에게 자석처럼 끌렸다.
왜 하필 당신일까?
왜 이렇게 갑자기 또 찾아온 걸까?

잘 모르겠지만, 바닷가에 동글동글한 조약돌 같은
너의 고백에 나는 발을 내디뎠다. 다시, 사랑이다.

11월

22   23   24   25   26   27   (28)

눈 오는 날

눈이 오던 날 조금 쌓여서
그대로 대자로 누워버린 날.

요즘엔 자주 나를 달님이라 부르곤한다.
왜 달님이야 물었더니
달 주위의 별들은 달이 없으면 살 수 없다고한다.

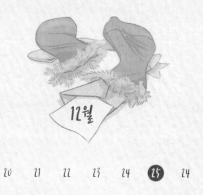

12월

20 · 21 · 22 · 23 · 24 · **25** · 24

처음의 날

그의 집에서 맞는 크리스마스 기념으로 케이크를 자르던 날.

처음으로 입을 맞췄다.
그리고 그날 '사랑해'라는 말을 처음 해주었다.
이전의 남자들이 얼마나 '사랑해'라는 말을 가볍게 여겼는지
이 남자에게서 배웠다.

17 18 ⑲ 20 21 22 23

은 날

왜 난 또 마음을 줘버린 걸까.
널 못 보는 것만으로도 마음이 아픈 걸
전에 겪었으면서도 왜 다시 바보같이 아파하는 걸까.

서로 바빠 몇 주를 못 보던 널 오늘 봤을 때
난 내 마음도 모르는 바보란 걸 알았다.

1월

24 25 **26** 27 28 29 30

바람이 부는 날

마음에 강풍이 불 때면
언제나 갈등으로 이어졌다.
처음으로 너와 싸운 날.

넌 내가 없으면 빛이 없는 별.
난 주위에 별이 없는 외로운 달이었다.

1월

24   25   26   27   28   29   **30**

싸늘한 날

싸우고 난 뒤 넌 어떤 생각을 할까?
나는 이렇게 생각해.

모든 걸 주는 사랑은 이제 안 한다 했지만 그걸 감당할 만큼 너를 사랑하고 있는 거야.
하지만 무서워. 이렇게 무겁게 커져 버린 사랑이 내가 들고 있기엔 너무 거대하기 때문이야.
결국엔 어떻게 될지 지난 이별을 통해 배웠지만…

1월

㉛ 1 2 3 4 5 6

깨달은 날

사랑은 뭘까? 사랑은 왜 우리의 마음을 휩쓸고 가는 걸까.
폭풍 같은 감정들이 지나가더니 그동안 알고 있던 가면은 바람에 날아가고
뿌리 깊은 속마음만 남아버렸다.

너는 이런 사람이었고 나는 이런 사람이었구나…
하지만 두 팔 뻗어 서로를 안았다. 네가 이런 사람이어도 괜찮으니까.

2월

14 15 16 17 ⑱ 19 20

웃는 날

오랜만에 영화를 봤다.
재미가 없어서 둘 다 침 흘리며 자 버렸지만
괜찮다.

너의 모습이 영화보다 재미있으니까.
영화가 눈에 안 들어오던 처음 그날보다 좋았다.

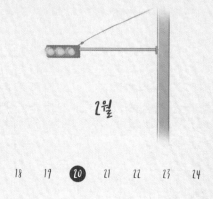

2월

18   19   **20**   21   22   23   24

달빛의 날

가끔 새벽에 아무도 없는 외진 도로를 산책하며
우리는 장난을 치곤 했었다.

우리만의 세상 같아서,
도시의 시간이 멈춘 것 같아서
가끔 우린 새벽에 무도회를 열곤 했었다.

3월

7 8 9 10 11 12 13

찬란한 날

"나를 좋아하는 이유가 뭐야?"
"이유? 없어."

"왜?"

"이유가 사라지면 널 좋아하지 않게 될까 봐."

4월

(11) 12 13 14 15 16 17

포근한 날

우린 벚꽃과도 같은 사랑일지 몰라.
세상엔 다양한 사랑이 있지만
우린 끝까지 서로의 사랑을 의심하지 않는 사랑일지 몰라.

앞으로 우리가 어디쯤 있을지 물어보지 말자.
땅에 떨어지는 꽃잎이 돼버리면 그때 우린 춤을 추자.

4월

25   26   **27**   28   29   30   1

귀여운 날

그러고 보니 너는 술을 좋아했어.
나보다도 약하면서...

술에 취해 쓰러질 때는
닳을까 봐 아끼고 아끼던
'사랑해'라는 말을 하면서 말이야.

5월

9 10 11 12 13 14 15

믿음의 날

어떤 건 보기 위해서 눈을 감아야 할 때가 있고
어떤 건 듣기 위해서 귀를 닫아야 할 때가 있다.
지금 눈을 감고 귀를 막아도
생생히 보이고 들리는 건

너 하나뿐이다.

6월

13　14　**15**　16　17　18　19

부어버린 날

저번에 같이 술 마신 게 분했는지
다시 내게 도전했다가 똑같이 쓰러진 너.
널 업는 게 익숙해졌지만,
여전히 부은 얼굴은

귀여운 너.

8월

15   16   17   18   19   **20**   21

더운 날

언젠가 바다에 가자는 약속, 여름날이 되어서야 찾아온 우리.
그렇게 찾아온 바다에서 태양 아래
처음 보는 서로의 수영복 입은 모습에 괜히 어색한 웃음만 짓다

손을 잡고 모래 위를 떠다닌다
우리 다음 여름날 다시 바다에 놀러오자!

8월

29 **30** 31 1 2 3 4

과분한 날

나 몰래 감정들을 쌓고 있는 널 봤다.
나에게 상처를 줄까 염려하며 스스로 상처를 주는 널 봤다.

다시 한번 폭풍이 불어온다.
이렇게 널 아프게 하는 나인데….
널 잡고 있는 손을 놓아야 하는 걸까?

9월

5   6   7   8   9   10   11

가슴 아픈 날

내 마음은 폭풍에 날아가 버렸다.
내가 너를 상처 주고 있었다는 사실을
아무 일 없었다고 괜찮다고 말하는 널 보면
얼마나 마음이 아픈지 넌 알까?

계속 널 사랑하고 싶은데 바람이 너무 강해서 날아가 버렸어.

9월

5 **6** 7 8 9 10 11

멀어지는 날

사랑이 졌다.
어쩌면 사랑이라는 말로 서로의 욕심을
어쩌면 인연이라는 말로 서로의 상처를
이렇게까지 거대했던 사랑이었는데...

우리 둘을 담기엔 그릇이 너무 작았던 걸까.
감당할 수 있을 것 같지만 감당할 수 없는 게 사랑인가 봐.

26　27　28　29　30　1　2

짧은 날

소중한 건 내가 소중하게 생각했을 때뿐이다.
힘든 건 소중한 걸 버린다고 생각했을 때다.
버린다고 결정했다면 미련 없이 버리는 것뿐.

침착한 척하고 있지만
왜 나는 버린 마음을 바라보고 있는 걸까.

11월

14 15 16 **17** 18 19 20

너의 목소리를 들은 날

오랜만에 너의 목소리를 들었다.
눈물이 나오는 걸 보니 아직 조그마한 불씨가 남아있나 봐.
하지만 확신이 없어.

이대로 다시 만난다고 하더라도
우린 바람 앞에 작은 불꽃이야.

11월

14   15   16   17   18   **19**   20

안은 날

나무 밑에서 헤어지는 날.
사실 너와 난 잡고 잡히는 술래잡기 중이었던 걸까.

지금은 널 잡을 손이 너무 작아 잡지 못하지만
만약 널 다시 만난다면 그땐 도망치지 않을게.
마지막으로 한 번만 안아보자.

하 윤 아
Ha Yun

3월

18   19   ⓩ⓪   21   22   23   24

지나간 날

시간이 지나서 오랜만에 네가 생각나네.
네가 있는 날도 좋았지만 없어진 날엔 내 길을 개척해 나가고 있었어.

지금은 오랫동안 오고 싶었던 직장에 오게 되었는데. 여긴 사람이 너무 많네
귀를 막아도 목소리가 들리지 않아.
그냥 오랜만에 네 생각이 났어.

4월

15 **16** 17 18 19 20 21

추억의 날

저런 날도 있었지 하는 날이 요즘 너무 많아.
네가 떠난 뒤로 사랑은 눈에 들어오지 않아.
너 아니면 안 될 만큼 줘버렸나 봐.

궁금해, 지금 저 커플들은
다시 누군갈 사랑할 수 있을 만큼 적당한 사랑을 하고 있는 걸까.

8월

29   30   31   1   2   **3**   4

미련의 날

적당히 살만해진 요즘 내 앞의 길이 편안해진 요즘
괴로워.

소개팅을 나가도 누군가와 통해도 안 되겠어.
' 이미 너무 많이 시간이 지나버렸는데
시간이 제일 약이라 그랬는데 부작용이 너무 심해.
오늘도 버리지 못한 사진만 바라보고 있어.

28 **29** 30 31 1 2 3

다시 만난 날

처음 널 만난 카페에서 우연히 널 만났다.
눈이 마주친 순간
뒤를 돌아 그 자리를 나가려고 했어.

넌 말했지.
방금 시킨 커피가 아까우니 한잔 어떠냐고.

11월

11   12   13   14   **15**   16   17

지금의 날

서로가 없는 사이 몰라보게 달라졌구나.

다시 만난 것보다는 그냥 오랫동안 못 본 것 같아.
몸과 마음도 이제 서로 어른이 돼버렸네.
우리 그때 너무 커서 버거웠던 무게를
이제 충분히 짊어질 수 있을까?

12월

9   10   11   **12**   13   14   15

고백의 날

여전히 언제 올지 모르는 폭풍이 두렵고
똑같은 이유로 헤어질 수 있다.

만남은 묘하지만, 우리는 서로에게 자석처럼 끌렸다.
몇 번이나 바람에 날아갔지만
우린 또 다시 손을 잡고 발을 내디뎠다.

23   24   **25**   26   27   28   29

결혼식 날

말도 안 되는 것 같아.
정말로 우리가 결혼하는 거야?
그렇게 옆의 너를 봐도 너 역시 나와 같은 표정
그래 우리 정말 결혼하는구나.

그래 우리 행복하자.

아빠는 늘 따듯한 존재였고
엄마는 늘 나를 강하게 만들어 주었지만
이렇게 아빠 엄마의 생각을 하게 된 건
내가 점점 어른이 되어가면서이다.

왜 지나가는 시간을 의식할 땐
항상 난 몇 발자국이나 늦어있는 걸까.

아빠의 사랑을 알았을 땐 이미 난 내 자식에게 사랑을 주어야 하는 존재.
엄마의 강함을 받았을 땐 이미 난 나 자신에게 현실을 견뎌야 하는 존재.
수많은 만남과 이별 뒤에는 나를 성장시킴과 동시에 가슴 아픈 공허함이
찾아온다.

그렇게 마지막 이별을 앞둔 오늘
나는 지나간 사랑들을 뒤돌아 훑어본다.

2015년 5월 20일

태어난 날

이날 나는 태어났다.

기억이 전혀 나지 않아서
엄마, 아빠에게 물어보면

덤덤하게 세상에서 가장 소중한 걸
얻은 날이라고 한다.

비

2019년 7월 4일

아빠의 뽀뽀의 이유

2014.7.4

4 살 때
아빠는 쉴 틈 없이 뽀뽀를 했다.
그리고 여느 날과 다름없이 뽀뽀할
때 물었다.

"아빠 왜 뽀뽀를 좋아해?"

"나중에 먼 나중에 아빠랑 헤어질
때 지금처럼 뽀뽀할 때를 바로
떠올렸으면 좋겠어.

아빠 딸의 기억 속에 영원히
아빠로 남고 싶으니까."

맑음

2022년 3월 1일

초등학교 입학식

7살 처음으로 학교에 가는 날.
아빠는 같이 못 온 그 날.

운동장을 걸어가다 뒤를 돌아봤다.

늘 씩씩한 엄마인데 울고 있었다.
왜 우는데 웃고 있는 걸까.

그땐 이유를 알 수 없었다.

구름

2022년 5월 23일

오늘은 친구가 생겼다

처음으로 친구가 생겼다.
처음으로 친구와 떡꼬치도 먹었다.

지금은 뭘 하며 살까.

처음으로

우정을 알려준 친구에게....

맑음

2023년 4월 2일

교통사고 난 날

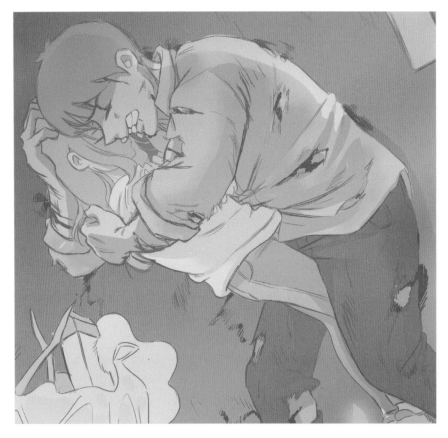

8살 교통사고가 난 날

신 같은 건 믿지 않는 아빠가
간절하게 말씀하셨다고 한다.

"제가 대신 죽더라도
  우리 딸은 안 돼요.. .. "

2025년 9월 24일

새로운 동생이 생긴 날

10살 늘 동생을 원해서
엄마 아빠에게 조르곤 했었는데

어느 날
강아지를 분양해 오셨다.

"모모! 이제부터 우리 가족이야."

엄마는 날 낳고
불임이 되었다는 걸
시간이 많이 흐른
어른이 된 뒤 알았다.

Lovely_G.na ● ● ●

좋아요 254개
#중학생 #학교 #설레임 #친구

2029년 4월 18일

중학교 친구들과

14살

중학생이 되고 어느새 교복까지 익숙해졌다.

새로운 친구들

새로운 학교

학교는 가기 싫지만, 친구들은 보고싶다.

2031년 10월 27일

아빠를 이해하기 힘들어져

16살 처음으로 아빠랑 싸웠다.

아빠는 늘 변함없이 그대로인데

난 하루가 다르게 달라져 간다.

아빠와 싸우려던 게 아닌데....

전에 없던 아빠의 주름을 보면 나도 모르게 먹먹해진다.

친구들 끼리
맘대로 놀지도 <u>아빠는</u> 몰랐으면 좋겠어
못하잖아ㅠㅠ

나도 뭐가 옳은건지 모르겠어

그치만
화가나는걸

👍 **Like**　　💬 **Comment**　　➜ **Share**

Write a comment...

Lovely_G.na
5 hrs · 🌐

👍 Like   💬 Comment   ➤ Share

 Write a comment...

2033년 9월 29일

첫 사랑

18살,

10대의 끝이 보이는 때.

날 좋아한다는 아이와 첫 연애를 시작했다.

머릿속엔 온통 그 애밖에 없다.

그 애를 많이 좋아하게 되었다.

2035년 2월 12일

졸업식 날

20살 오늘은 졸업식.

아직도 내가 성인이 됐다는 것이 실감이 안 난다.

이렇게 셋이 사진 찍은 것도 오랜만이네.

아, 오늘 알았어. 엄마.

끝인 줄 알았는데 이제 시작이라는 걸.

Lovely_G.na

좋아요 589개
#졸업식 #20살 #이제시작

03

MARCH

2035

첫 술자리

20살 처음인 술자리.

아직은 낯선 분위기

아직은 낯선 사람들

어색하지만,

술에 기대 어느새 다들 술 게임과 이야기를 시작했다.

목숨 걸고 왔는데 진짜 별거 없구나.

02

APRIL

2035

20살 나의 첫사랑.

영원할 줄 알았는데 우리도 여기까진가 보네.

며칠을 울었는지 많이도 좋아했나 봐.

이별한 날

27

JUNE

2036

동생이 떠난 날

21살 널 붙잡은 두 팔을 놓으면

너의 영혼이 인사도 없이 가버릴까.

바보인가 봐.

난 이렇게 가슴 아플 걸 알면서도 귀찮다고 산책을 미뤘어.

이렇게 울고 나서야 너의 소중함을 깨닫는 내가 미워.

다음엔 같이 더 오래오래 살자.

못난 누나가 미안해 모모야

14

JULY

2036

21살 쉴 틈 없이 아르바이트하며

여러 사람, 여러 상황을 마주해야 했다.

이렇게 남의 돈 얻는 게 힘든 거구나,

사는 게 정말 쉬운 건 아니었구나.

나이를 먹을수록 왜 걱정거린 줄어들지 않고 늘어만 갈까.

돈을 번다는 건 이런 의미일까

12

OCTOBER

2038

23살 대학 졸업도 얼마 남지 않은 지금

뭘 해도 자신이 없고 무기력하다

특별히 하고 싶은 건 없는데

주변의 시선들이 날 괴롭히고 매일 밤

정답 없는 걱정거리들 때문에 불면증도 생겼다.

갑자기 집밥도 먹고 싶고 엄마 아빠도 생각나....

다음 주엔 한번 내려가야지.

무기력하기만 한 나날들

Title : 기쁘지만 마음은 급급한 날   Date : 2040 . 9 . 26 .

25살 대학교를 졸업한 지도 1년,

취업을 위해 모든 걸 쏟았던 때.

면접 후 돌아오는 길.

드디어 붙었다.

이렇게 지금 울고 있지만 막상 사회의 첫발을 뗀 것뿐.

아직 수많은 산들이 남았다는 현실에 속으론 허탈한 웃음만 나와.

27살 회사도 익숙해지고

다른 부서 사람과 사랑도 하고 있다.

특별히 잘난 사람이 아니라서 좋다.

그 사람이 이번에 보너스 받으면 뭐할 거냐고 물어봤다.

나는 바다에 가서 같이 맥주를 먹고 싶다 했다.

이 사람과 오래 있고 싶다.

32살 청혼을 받고 결혼식 하던 날.

날 보며 눈물 흘리시는 아버지 얼굴을 보니

어느새 많이도 늙으셨네.

33살 나를 닮은 당신을 닮은

이쁘고 듬직한 아이를 낳은 날.

솔직히 너무나 무서웠어.

하지만 울고 있는 네가

내 품에 안기는 네가

너무 밝아서

나는 웃는다.

Title : 내 아들 입학식 날   Date : 2055 . 9 . 1 .

40살 네가 어느새 벌써 학교에 가는구나.

엄마!

왜 엄마가 입학식 날 울었는지 이제야 알겠어.

나도 모르게 커버린 아이를 보면 지나간 날들이 눈에 보여.

뭐가 그리도 설레는지 웃으며 뛰어가는 널 보면

눈물이 나도 웃을 수밖에.

Title : 자식이 나를 이해하지 못한다는 건   Date : 2063 . 7 . 3 .

48살

뭐가 그리 불만인지 왜 화를 내는 거니.

난 온통 네 생각뿐인데....

아들아,

혹시 내가 모르는 게 있다면 뒤돌아서 알려주지 않을래?

할 수 있다면 엄마가 뭐든지 해줄게.

Title : 서로의 주름을 보며 산책한 날   Date : 2067 . 10 . 15 .

52살

여보, 이렇게 여유롭게 산책하는 것도 너무 오랜만이네요.

우리 아들도 벌써 대학생이에요.

있잖아요. 여보,

늙어서 주름이 늘어가도

당신을 이렇게 사랑해요.

아직 더 오래 있어 줘요.

54살

아빠와 헤어질 날은 없을 거라 생각했는데

온 힘을 다해서 뱉은 아빠의 마지막 말은

"사랑해 딸"

그 한마디뿐이었다.

54살

4살 때 뽀뽀하던 아빠의 모습.

행복한 그때를 생각해달라는 아빠의 그 말.

미안해요. 아빠....

지금 저는 잘해드리지 못한 것만 생각나서

후회하고 있어요.

Title : 모든 게 머나먼 일 같아요

Date : 2077 . 4 . 15 .

62살

아빠, 엄마 오늘은 제 아들이 결혼해요.

시간은 왜 이렇게 빨리도 가는지

저 둘의 뒷모습이

십수 년 전 제 모습 같아요.

72살

당신이 암으로 얼마 남지 않은 날.

당신을 위해 머리를 밀었죠.

"당신 왜 그렇게 웃고 있어요."

"머리를 밀고 주름이 많아도 여전히 예뻐서

당신과 같이 살았던 날들이 너무나 행복해서

당신을 만난 것이 너무나 행복해서

그래서 나 이렇게 웃고 있어요."

72살

"당신, 지금 어디 있어요? 나 이제 앞도 보이지 않아요."

"걱정 마요. 여기 바로 눈앞에 여기 있어요.

보이지 않아도 괜찮아요. 자, 지금은 어때요."

"아.... 당신 환하게 웃고 있군요."

83살

당신 잘 지내요?

아니면 10년 동안 날 기다리고 있나요?

당신이 없는 10년은 너무나 길었어요.

우리 손자는 어느새 결혼도 했어요.

시간은 참 야속하네요. 절 기다려주지 않는 걸 보니.

그래도 당신, 다음 생에도 나와 함께해줄 거죠?

그땐 날 이렇게 혼자 남겨두지 말아요.

우리 아들 어느새 주름이 많아졌네.

아무 말 없이 눈물만 짓고 있는 널 보니

이별을 받아들일 준비가 된 것 같구나.

아직 못 해준 게 많은 것 같은데....

" 사랑해 아들 "

어라...?

당신 왜 거기 서 있어요.

아, 지금 내가 오기까지 거기서 기다리고 있었군요.

미안해요

이제 다시 나와 같이 가요.

에필로그
;

어렸을 땐 그렇게 무서운 아빠였는데
성인이 된 지금 아빠를 보면 왜 이렇게 쓸쓸해 보일까요.
그 무엇도 해내는 나의 엄마인데
자식들 뒷바라지에 나온 뱃살을 보면 왜 갑자기 눈물이 나는 걸까요.

어렸을 때 많이 했던 뽀뽀도, 다 같이 갔던 놀이공원도,
매주 가던 낚시터도, 왜 이제 함께할 수 없는 걸까요.
제가 엄마 아빠의 사랑을 먹고 이렇게 커가지만
왜 엄마 아빠는 작아져만 갈까요.

가끔은 시간을 멈추고 싶지만
멈출 수 없기에 이렇게 책으로나마 남기게 되었습니다.

사랑합니다. 엄마 아빠

아빠는
몰라두 돼

ⓒ 소효 2017

펴낸날 2017년 08월 24일 초판 1쇄
2024년 01월 15일 개정판 8쇄

글/그림 소 효	**펴 낸 곳** 필름(Feelm)출판사		**팩 스** 070-7614-8226
디 자 인 배수은	**주 소** 서울시 마포구 동교로25길 23,		**이 메 일** book@feelmgroup.com
도 움 김상현	정암빌딩 2층		**등록번호** 제 2019-000086호
기 획 김기용	**전 화** 070-8810-6304		**등록일자** 2016년 6월 13일

ISBN 979-11-88469-29-1 (02810)

이 도서의 국립중앙도서관 출판예정도서목록(CIP)은
서지정보유통지원시스템 홈페이지(http://seoji.nl.go.kr)와
국가자료종합목록시스템(http://www.nl.go.kr/kolisnet)에서 이용하실 수 있습니다.
(CIP제어번호 : CIP2019011314)